少しだけおかわりと言ったのに

前田理容

Parade Books

目次

自由律俳句 1 — 5
ショートエッセイ — 29
自由律俳句 2 — 55
川柳入選作 — 79
自由律俳句 3 — 93

自由律俳句 1

カーナビ上では家々をなぎ倒し進んでる

一度も折り畳んでいない

選挙ポスターで仏頂面に挑む

お徳用を一度に使い切った

三歳児の中で今日一番ウィンナーを食べた

大切な商談で星型クッキーが出た

パンダが意外と汚いという事実から目を逸らす

新しい「うたのおにいさん」にまだ慣れない

いつも律儀に体育をたいいくと言う

家具を組み立てる選択にもう後悔してる

君付けではもう呼べない体格

寒さで震えながらオープンカフェで決めた

自動ドアの無視が過ぎる

早朝から語り合った回転寿司論

チャック全開で持論を展開してる

いつものでよろしいですかという先制攻撃

大人のわりにすごいと褒められる

カラスの本当の狙いを見誤る

聞き役に徹しきれないおしゃべり

興味のない蛇行運転を見せつけられる
子が出すなぞなぞにムキになる
スイカの身と皮の境界を探る
絶対次男に見られてる
アコーディオンという名を思い出すまでの一騒動

一瞬の隙を突かれ服にシミが付く

うちわとしては重宝されるパンフレット

幼子がビールを指してパパと言う

階段に座って語らう初老

体を投げ出して駐車料金を支払う

期待していなかった分うまい

巨大な虫が付いているのをまだ言えずにいる

警察車両の後に規則正しく続く

志が五歳児より低い

「この電車はこの駅までです」というアナウンスに感じる殺気

下敷きを使わなくなって四半世紀を過ぎた

知らない前の人を信じて真似る

ありがとうの後ろに付けられたハートマークの意味を一晩考える

妹を描いた絵が自画像と間違えられる

ＳＤＧｓの意味を問う子をはぐらかす

同じ種類のドーナツばかり買うぞと脅す

守るべきものをガードマンがひたすら待つ

冠婚葬祭に同じ顔した人が集う

気まぐれでネット検索した品のおすすめが止まらない

声が大きいと言う声が一番大きい

午前中の割に盛り上がった

さわやかな彼の密かな趣味を知る

自分のよだれで溺れそうになる

設定温度争いを制す

多いことだけが希望だ

各家庭の粗大ゴミでインテリアを組む野望

クマ出没の看板を見た場所から山麓まで数時間かかる

この状況でイカスミパスタを頼む勇気

静かに消えようとしたのを見つけられた

選択肢が揚げ物しかない

駐車券を取りに戻るには遠くまで来た

泣いて誓った翌日の行動が鈍い

噴水が10時42分に始まった

見知らぬ者同士でホーム階段を小走りで下りた

洗髪を含めすべてを石けんに託す

長期間置いていたゴキブリ捕獲器の中を見る役になる

テラス席でそれっぽい人がそれっぽい夢を語る

夏祭りだから買った

海苔を使うペース配分を誤る

飛行機雲を最後まで見届ける

不在配達票の行間に滲み出る苛立ち

欲しいものはないと言った直後に次々出てくる欲しいもの

真っ白なシャツの袖を汚すことから一日が始まった

有名人によく似たただのおじさんだった

倫理の老教師に目をかけられる

背が縮んだ事実を悟られぬよう振る舞う

総入れ歯の歯科医

他人の目を意識したコーナーリング

頼みの自販機が硬貨を受け付けない

テレビショッピングと共に夜明けを迎える

入店前の決意とは裏腹につけ麺を頼む

火起こしで束の間のスターになる

ひとり後から焼きたてに変わった

僕だけ雨で濡れてる

めん増量無料の罠にはまる

冷静に見ると大差だ
若葉マークを付けた改造車

つわものが高層ビルの間の空き地を買った

止めた後も子ども用目覚ましがぶつぶつ言う

飛び出し注意の坊やが一番危ない

パセリの立場になって考える

１００円ショップの高品質商品の安さに憤る

メインの前にフライドポテトを食べ過ぎた

野菜を包んだ古新聞で訃報を知る

四の字固めをする相手を探す目だ

トンネル内で叫んだ自分の声におののく

久々にはいたズボンのポッケで見つかった

待ち人来ず雨ざらしのボール

無人の派出所の前を徐行した

若いのに師匠というあだ名だけのことはある

ショートエッセイ

永観堂

門前に達したおばちゃんたちの中の一人が、「永観堂はええ感動」と言った。その駄洒落は、仲間の誰からも相手にされることはなかった。しかし、それぐらいでへこたれる彼女ではなかった。彼女は「永観堂はええ感動」と繰り返し唱えた。そのしつこさに根負けしたのか、彼女の仲間たちも一緒になって「永観堂はええ感動」と言い始めた。何度も聞かされる「永観堂はええ感動」で、僕は永観堂について満たされた気分になり、本堂を前に自主的に門前払いされた。

恵方巻

会社帰り、恵方巻を買いにデパートに寄った。時はすでに午後7時。目当ての海鮮巻きは売り切れていた。途方に暮れていると、中華惣菜屋から「チャーハンの太巻はいかがですか」という声。救いの手にすぐに飛びついた。帰宅後、早速かぶりつく。本格的なチャーハンゆえに、パラパラの仕上がり。数回噛んだ頃には、太巻は崩れ去り、ただのチャーハンになった。

恵方巻2

　2年連続で大嫌いな椎茸が混入した恵方巻を買って食べる羽目になった。特に今年は、外見上、どう見ても海鮮巻きだったのに、かぶりつくたびに椎茸がざくざくと出てきた。来年巻き返しに出るためにも、恵方巻を見極める眼力を身に付けることが急務だ。

コンビニ

自宅マンションのすぐ隣にコンビニを出店する計画が持ち上がった。閑静な住宅街だ。マンション住民の意見は賛成・反対の真っ二つに分かれた。住民投票の末、賛成派が反対派を僅かに上回り、出店されることになった。オープン初日、賛成派だった僕は店に赴く。店は、賛成派はもちろん、多くの反対派も含む、マンション住民でごった返していた。

ジム

体重を減らすため、激しいトレーニングを終え、すきっ腹の帰り道。一つ下の階に焼き肉屋を見つけた。においに誘われて、吸い寄せられるようにその店に入った。焼き肉屋の隣には中華料理屋もある。このままジムに通い続けると、体重を減らそう、という思いとは裏腹に太ってしまうかもしれない。

消費税

大学時代、スクーバダイビングを行うため、慶良間諸島の阿嘉島を訪れた。ダイビング時間は、午前と午後を合わせて二時間程度。あとは自由時間。島はとても小さく、これといった娯楽施設があるわけではない。なので、毎日近くの商店に通った。例えば百円の品を買う。店の女主人は「百円と消費税を合わせて百十円」と言う。消費税5％の時代だ。南の島でなければ、何か言うだろう。雄大な海と空が広がるこの島では、僕自身も寛大となっていて、10％をごく自然に受け入れた。

タクシー

茨城でタクシーに乗った。高齢の運転手が話しかけてくる。強い訛りに加え、固有名詞が茨城にちなむものばかりで、話すことの半分以上、理解できない。分からないとはいえ、何の反応も示さないのも失礼なので、適当に相槌を打つ。その適当な相槌が彼にとっては適切なそれに見えるようで、僕の思いとは反対に、相槌ごとに話がどんどん一方的に弾んでいった。

ディズニーランド

めし屋で食べていると、隣の女性2人がディズニーランドについて話し合っていた。彼女たちはスッパスッパスッパたばこを吸いながら、焼肉定食をほおばって、「ディズニーランドの魅力はなんといってもメルヘン」という結論に達した。

鉄板焼き

鉄板焼きを食べに行った。鉄板焼きではもちろん肉がメインだが、娘は、肉を焼く前にライスを食べ過ぎて、肉をほとんど食べられず、妻と僕は、目の前で調理するシェフが呆れるくらい、ニンニクチップを食べた。喜びや幸せは、メインディッシュではなく、案外サイドディッシュに潜んでいるのかもしれない。

ドラマ

普段はテレビドラマをほとんど見ないが、正月だけは妻の実家で妻の父と共に『相棒』の再放送を立て続けに見る。僕にとって文字通り、正月の「相棒」だ。

鳥

ベランダで空を舞う鳥を見ながら、「鳥は何を考えて飛んでいるのかな?」と、誰に言うでもなくつぶやいた。そばにいた三歳の娘が即座に「ごはん」と答えた。若いくせにあまりに現実的で認めがたいが、たぶんそれが答えだ。

南禅寺

紫色の髪をしたおばちゃんが常香炉で、「この煙、あんまり良い匂いじゃないねぇ」と大声で言った。その一言で、身を清めるため、手を使って自分の体に煙をかけていた人々は、それが何となく恥ずかしいことのように感じたのか、煙をかける行為を慎む。「良い匂いじゃない」と言い切ったおばちゃんは、炉をそのまま通り過ぎると思いきや、誰よりも多くの煙を自分の体にかけていた。

のど自慢

「のど自慢」を観た。出場者の中に97歳のおばあちゃんがいた。彼女は「命ある限り」という歌を元気に歌った。見事な選曲だった。

ハガキ

郵便局にハガキを買いに行った。女性局員が対応してくれた。僕は購入枚数を言い、彼女はそれを素早く用意する。僕はお札を渡し、彼女はお釣りを返す。滞りなく作業は完了したと思いきや、彼女はくすくす笑いながら「良かったらこれを使ってください」と、シールを僕に手渡した。晴れ着姿のキティちゃんのシールだ。そんなに笑わなくても、キティちゃんと僕が不釣り合いなことくらい、僕自身が一番分かっている。業務命令で渡しているのだろうが、笑うぐらいなら渡さないで欲しい。でも、笑われなければ、キティちゃんと僕がお似合いということで、それはそれで困りものである。まあ、これで良かったのだろう。

パパ

娘が「パパ、好き」と言ってきたので、「どこが？」と尋ねると、「顔」と即答した。
娘はどうやら面食いではないようだ。

美容院

日曜に美容院に行った。カットチェアに座ると、表紙に「『土日の服が分からない』にすべて答えます！」と書かれた男性誌が置かれていた。分からないと思われているのか。手にすれば、それを認めることになる。一方で、今の自分の服が間違っていないのかも知りたい。迷った挙句、知ったかぶりすることにした。

披露宴

披露宴が行われる高知への飛行機が欠航になった。慌てて伊丹から新大阪へタクシーで向かうと、新幹線が雪で遅れている。岡山ですんでのところで高知行きの特急に乗り継ぐ。高知までの2時間半、あまりの揺れで車酔い。途中下車して列席を諦めるという考えが何度も頭を過る。瀕死の状態でぎりぎり間に合った披露宴のビンゴ大会で高知銘菓「芋けんぴ」を獲得。この芋けんぴだけのために、今日の試練を神は与えたのだ。

ファーストフード

ファーストフード店に行った。少女が立つレジに向かった。明らかに不慣れな声のトーンで「いらっしゃいませ」と言う。アルバイトとして働き始めて間もないのであろう。「今日はこちらでお召し上がりですか?」言葉は僕に向けて発せられているのだが、不安げな視線はレジの方にすでに向いている。注文の品を言うと、もうレジに釘付け。その品を必死に探すのだが、なかなか見当たらない。その様子を近くで見ていた先輩店員の指摘で、ようやく事なきを得、彼女は久しぶりに僕の方を見る。「お飲み物は何にいたしますか?」「アイスコーヒー」「ミルクティーとレモンティー、どちらになさいますか?」これ以上彼女を追い込むのは良くないと考え、「ミルクティー」と答えようと思ったら、「ちゃうわ」と自分の誤りに気付く。仕事はともかく、ツッコミは早い。注文の品がすべてそろい、レジから去ろうとするとき、彼女はうつろな眼差しを僕に向けるのが精一杯であった。彼女が神経をすり減らして準備してくれたものは、僕の胃袋を十分に満たしてくれた。

北上

京都の川端通を南下していると、前方50メートルのところに、僕とは逆に北上する女性二人組がいた。彼女たちと擦れ違ったとき、僕の口からは「なんで」という言葉がこぼれ出た。二人とも身長190センチぐらいあり、しかも、ファッションショーからそのまま飛び出してきたような装いだ。北上する彼女たちをしばらく観察する。彼女たちと擦れ違う誰もが後ろを振り返り、「なんで」という表情を見せた。彼女たちは何を目指して北上するのか。その先にはスーパーがあるだけだ。

耳

「耳の中に異物があるので耳鼻科に行く」。妻から緊迫した声で、娘の緊急事態を伝える電話があった。しばらくしてから「耳くそのかたまりだった」とのメール。虫歯と思って歯医者に見せると鼻くそだった僕自身の苦い過去の記憶が、長い時を経てよみがえった。

野菜

　数カ月前から水菜とアスパラガスを育て始めた。毎日水をやっていたのだが、なかなか育たない。これ以上成長しないのでは、とあきらめかけていると、急に勢いよく伸び始めた。喜んだのもつかの間、伸びは一向に止まらない。もはや食べられないほどに成長してしまった。水菜はきれいな花を咲かせている。これからは観賞用として育ててゆくつもりだ。

リモコン

友人宅を訪れた。僕たちは何をするわけでもなく、テレビの、偶然合わせられたチャンネルの番組を眺めていた。その番組を熱心に見ていたわけではないが、この番組をこれ以上見たいとも思わなかった。チャンネルを替えようとリモコンを探したが、僕の周囲には見当たらない。友人に「チャンネル替え機、どこにあんの?」と尋ねた。それまで終始無言であった彼は「チャンネル替え機って何やねん?」と、さも嬉しそうに言った。そう言いながら、リモコンを手渡してくれたところをみると、チャンネル替え機が何であるかしっかり理解できたようだ。これまでも、これからも、リモコンをチャンネル替え機と呼ぼうと思った。

レシート

スーパーマーケットでもらったレシートを見ると、レジ担当者のところに「黒木瞳」と書かれていた。それだけで、とても良い買い物ができたような気がした。

自由律俳句　2

安全に切手を多めに貼る

同姓の店の前で無言のエールを送る

大胆なサバ読みしたのに反響がなかった

英雄を自分と重ねて見る暴挙

鍵盤カバーをマフラーとして持たせた遠い日の母を思う

スーパーの冷凍コーナーでこの冬一番の冷え込み

初めて見たレジ前の菓子の誘惑に負ける

まだ絞るのかとチューブが苦悶する

あの角の店はコンビニに落ち着いた

園児が二重跳びする人を神と呼ぶ

筋肉あるあるで盛り上がる集団をチラ見した

この公園の主はテニスのおっちゃんだ

自称ＹｏｕＴｕｂｅｒの一日を追う
女子の微動にさえ過剰反応するバレンタイン

誰も帰らないので仕方なくいる

家で膨らませてきた浮き輪が足手まといになる

起こしたら今起きるつもりだったと言った

カラオケのレパートリー更新が突如止まる

研修中のバッジに気付いたときは後の祭り

五十肩とだけ書かれたメモを拾う

コンビニで夢の欠片を見つける

自由席だけ混んでいた

スパゲッティ派とパスタ派の睨み合いが続く

吊り広告の新刊を楽しみに待つ

赤ペン先生の筆箱の中を覗き見た

厚着して汗だくになる

イメトレではもうすぐ世界一だ

オーライの声を信じられるほどに彼を知らない

オンのまま電池が切れていた

蚊に刺されただけだった

聞いたこともない名前のコンビニしかない

キャラクターTシャツを着た強面

グランピング初心者を隠し切れない

結末を知るまいと目と耳を死守する

断り切れずもらったものの末路

さっきから個性的な手拍子を見せられてる

渋滞の先頭らしきものを見つけた

遊びで始めたキャッチボールの球速が増していく

以前買ったかどうか薄い記憶を辿る

嘘に嘘で応酬する

お子さまセットを侮った

おやつがなくて終末を迎えたように泣く

カフェの店外でＷｉ‐Ｆｉだけもらう

キザなあいつのパーマが強い

給食当番の特権を行使する

これを箸だけで食べる茨の道

寒さに強いと言いながら少し震えてる

ジェットバスを運動と捉えてる節がある

世界地図で自宅を正確に指し示す

円周率の暗唱がまだ続いてる
重い黒皿に載って出てきた
草野球のレギュラー争いが苛烈を極める
子が女湯から呼ぶ声に今は答えられない
冴えないオヤジがいきなりスキルを見せた

正午過ぎに初日の出を見た

断捨離関連の本が家に山積みになってる

典型例すべてに当てはまった

日々の節約分が一瞬で消えた

蝉の鳴き声でまるで聞こえなかった

誰かが書いた落書きの解読に失敗する

束の間の二重瞼を楽しむ

なぎなたと棒高跳びの選手が初対面で意気投合した

糊の代わりに飯粒を熱心に勧められる

はじめてのペイ払いへの周囲の目に耐える

フードコートの周回が二周目に入った

放置するしか治療法がない箇所を骨折した

マッサージ師の呼びかけに痛くないと答え続けた

病みつきになる臭さ

理念がまた変わった

正解だった驚きを隠す

扇風機の復権

凧揚げする権利を大人に奪われる

ＤＶと叫ぶ子の指差す先にＤＶＤ

とんかつ以外にとんかつソースを使った負い目

名前が出てこないので声をかけずに去る

番号が霞むロッカーキーと共に立ちつくす

人待ちしてるようにひとりでいる

便所から出てきた直後にオモチャの剣で斬られた

虫を触っていた過去を疑う

もう笑っていない放置されたぬいぐるみ

ワイパーの本気を見た

ドアの閉め方が思春期だ

年二回の帰郷時にだけ故郷を憂う

初めて作ったというラップを聞かされた

早起きがまばらに集まってる

マスク姿のマスクマン

焼肉屋からの匂いをかき集める

譲り合いが三往復した

忘れられていることをまだ言い出せずにいる

手紙の最後の一文字を書き損じた

走り屋が交通マナーをとうとうと語る

不自然に子を連れ出し始まった大人の話

無視したいが見ざるを得ない装い

夜ふかしと早起きがすれ違う

川柳入選作

課題「蝉」

地上暮らし短く保険入れない

課題「商店街」

流行りよりこだわり店主の夢を売る

課題「あっさり」

達人があっさり越えた壁見上げ

課題「反省」

どぶ川が魚の泳ぐ川になる

課題「エール」

つわものがお守りそっと握りしめ

課題「縮む」

風船は縮む定めと子が悟る

雑詠

綱取りに備えて学ぶ四字熟語

雑詠

たられぱを思う独りの夜過ごす

課題「勘違い」

親になり厳しい父を理解する

雑詠

この星が出したサインに首を振り

課題「空っぽ」

この星に人という種がいた時代

課題「うなぎ」

特上と言う声少し震えてる

課題「ホット」

自販機がホットに変わり冬を知る

課題「波」

我が額にも砂漠化の波が来る

雑詠

ＡＩが週休七日そそのかす

課題「復活」

復活の狼煙を上げて煙たがられ

課題「いまさら」

インバウンド増えて日本に注目し

課題「奪う」

知らぬ間にスマホに時間奪われる

課題「握る」

この星の命運握る私たち

雑詠

スマホ見る目で私も見て欲しい

課題「シャツ」

ネクタイとシャツの仲裂くクールビズ

課題「見る」

左右見るだけでは足りぬ交差点

雑詠

掃除ロボ信用できず後をつけ

雑詠

キラキラとしない名前にほっとする

雑詠

百年も生きるつもりはありません

雑詠

食い違う意見共存する平和

課題「しっかり」

誰よりも祖母がしっかり肉を食う

課題「等しい」

全員が主役演じる遊戯会

雑詠

箸二膳一人暮らしにゃ余計です

雑詠

明日は明日力いっぱい蝉が鳴く

雑詠

ちゃらちゃらとした悪友の野心知る

雑詠

なんべんも笑ってできたシワ誇り

課題「むなしい」

コンビニに他人の声を聴きに行く

雑詠

チーズチョコ　ケーキに悩む平和かな

雑詠

あかんべえしながら深くお辞儀する

雑詠

孫を見た頑固親父が笑みこらえ

課題「冗談」

堅物が漏らしたしゃれを受け損じ

雑詠

栄光も挫折もやがて過去になる

雑詠

ドラ1の引退隅の記事で知り

雑詠

切り札と言われる人が出ては消え

雑詠

冬コーデやがて骨董品になる

課題「期待」

最後まで僕は自分に期待する

課題「シンプル」

くっきりと運動不足腹に出る

課題「記憶」

美しい今の時間を忘れない

課題「宝石」

親戚にダイヤがいると誇る炭

課題「闘う」

好物を前に悶えるダイエット

雑詠

しっかりと子を抱くパパの初仕事

課題「めでたい」

誰よりも勝者を祝う負け上手

課題「忘れる」

一昨日と同じ反省今日もする

課題「ふわふわ」

僕みたいしぶとく生きるしゃぼん玉

課題「狂う」

仕事場に妻も子もいるテレワーク

課題「みかん」

オレンジじゃこたつの相手務まらぬ

課題「ノート」

叶わない恋をノートが受け止める

課題「模様」

この星の模様を変える温暖化

課題「国」

この国が失ったものさえ忘れ

課題「ひんやり」

子と孫が帰った後の家の中

課題「ぎりぎり」

駆け込みで絵日記を書く最終日

課題「うっとり」

韓流を見る目で俺も見て欲しい

課題「養う」

子育ての次に介護がすぐに来る

課題「ワイン」

ソムリエの説明がまだ終わらない

自由律俳句 3

他人も同じ香りがする宿泊先
エンディングを待てずサウナを出る

悪意の見える化

大人にも即効性のある子守唄

信号がまた青で不吉だ

天ぷらにしたもの勝ち

プラスねじにマイナスドライバーで挑む

熱いさよならの直後に出くわす

今にも落ちそうなよだれを吸い込む奇跡

教授の本棚にある本のタイトルに和む

結局自分の呼び出し音だった

更地に一週間前まであったものが思い出せない

情報に埋もれてると小二が嘆く

他人が食べた納豆の糸に絡まった

ティッシュではどうしようもない惨事

後味の悪い罰ゲームになった

エコバッグをまた買い替える

面白かったと感想を述べた母がまだタイトルを言わない

聞こえない距離になってから大声で言う

原形をとどめない省略

ここに駐車した勇気を称える

自分への挨拶でなかったことに後で気付く

少しだけおかわりと言ったのに

小さい子が小さい頃のことを語った

相手のパスワードから必死に目を背ける

味わう以前に熱い

いつの間にか何番目の曲かを答える係りになってる

大型犬が入る紙袋

温泉の浴槽縁で朝から寝てる

拡大解釈して関係者になる

気持ちが変わり抜き返す

極限まで圧縮されたごみをもうひと押しした

金髪ギャルの丁重な挨拶にたじろぐ

月食のにわかファンが橋に集う

今年の名曲を年末に初めて聞く

最近まで大切にされていたとは思えない扱い

自分以外の人の写真写りが優先された

愛犬が赤の他人に尻尾を振るのを見た

案の定物干し代わりになった

ウインカーを出しながら直進がまだ続く
えいやでその角を曲がった
お国言葉で言われた本音が分からない
親子サッカーが親親サッカーに変わる
観覧車がはしゃぐ間にてっぺんを過ぎていた

客のいない店のスタッフと目が合う

誇張した関西弁を話す脇役

この色しかなかった

サンタの存在を疑い始めた言動の数々

白黒の比率でいうとパンダだ

上着を着てもいいかと三度聞いてきた

鬼ごっこ界のレジェンドという人と会った

今日食べたすべてのものの感想を言い合う

現金派に衝撃が走った

ゴマだれという理由だけで選んだ

準備万端だったが風雨は強まらなかった

多機能製品の一機能だけ駆使する

ついに電波圏内を探し当てた

半乾きの靴下を履いて元気に出て行く

未来の絵に明るい色を無理に加えた

揃っていないルービックキューブが放置されてる

縦書きノートに力任せに横書きした

ちょっと貸すつもりだったけん玉をまだ手離さない

どちらがビフォーかアフターか分からない

ナンバープレートから個人情報を探る

ハザードランプでの意思疎通に失敗する

ビラ配りの手が届く範囲外をひしめき歩く

糞を踏んで素敵な一日が終わりを告げた

マスクがないので口を真一文字に結んだ

満開の時期を見誤った花見客の宴

汚れだけが目立つアンティーク

スマホ水没で友を失う

絶妙な塩梅で子に負ける

第二駐車場が遠い

手違いで最後の晩餐がプロテインになった

登場人物の名を間違えたまま読み終えた

夏バテした挙手

春コーデデビュー直後に初夏の陽気が続く

人の温もりが冷めぬ席に座った

プールサイドを半ケツの親子が歩いてる

ポテンシャルがあると言われてから五年経った
もう一度振り返ると信じて待つ
雷鳴とイビキが合奏してる
テーマパークでしか通用しないグッズがたまる
馴染みのない雑貨屋で時間を潰す

ハサミを探しに行ったまま戻らない

白鼻毛を見つけた暖かい春の日

ボーダー柄の服を着た人でごった返す

メニューを見返して早くも英断が揺らぐ

矢印の示す方向への不信感が募る

レジ袋が絶滅危惧種に指定された

長々とした愚痴を立ったまま聞いた

丸見えの秘密基地

道を譲った登山パーティーの列が長い

よく知らないレッサーパンダを描く羽目になる

◇著者略歴

前田理容（ペンネーム）

京都市生まれ。京都大学総合人間学部卒業。弁理士。

著書に『大学六年生の作り方』（郁朋社）、『ぼくらの流儀』（ぶんりき文庫）、『山崎』（パレードブックス）、『結局ゾロ目を見逃す』（郁朋社）、『冬でも薄着の彼が風邪を引いた』（パレードブックス）がある。

趣味は、ウルトラマラソン、川柳。関西夢街道グレートRUN320km 1位。

NHK学園誌上川柳大会特選。

少しだけおかわりと言ったのに

2023年5月12日　第1刷発行

著　者　前田理容《まえだりよう》

発行者　太田宏司郎
発行所　株式会社パレード
　大阪本社　〒530-0021　大阪府大阪市北区浮田1-1-8
　TEL 06-6485-0766　FAX 06-6485-0767
　東京支社　〒151-0051　東京都渋谷区千駄ヶ谷2-10-7
　TEL 03-5413-3285　FAX 03-5413-3286
　https://books.parade.co.jp
発売元　株式会社星雲社（共同出版社・流通責任出版社）
　〒112-0005　東京都文京区水道1-3-30
　TEL 03-3868-3275　FAX 03-3868-6588
装　幀　藤山めぐみ（PARADE Inc.）
印刷所　中央精版印刷株式会社

ISBN 978-4-434-31853-5　C0092